Sal ....ty

Sahir ...s to the Dentist

by Chris Petty

Polish translation by Jolanta Starek-Corile

„Tato, kiedy wypadn... ...knął z bólu Sahir.
„Kiedy będzie gotowy... ...powiedział tata.
„Au! To się tak wlecze" – westchnął Sahir.

"Dad, when will this tooth come out?" groaned Sahir.
"When it's ready," replied Dad.
"Aww! It's been ages," sighed Sahir.

Chłopiec nie musiał długo czekać, bo jak tylko ugryzł swoją kanapkę, ząbek od razu mu wyleciał.

„Tato spójrz, teraz wyglądam tak jak on" – z dumą powiedział Sahir.

„Ale *tobie* urośnie nowy ząbek" – odpowiedział tata z uśmiechem na twarzy.

He didn't have to wait long. Just as he bit into his sandwich, out came his tooth.

"Hey Dad, I look just like him now," said Sahir proudly.

"Well at least *you* will grow a new tooth," said Dad, with a smile.

„Powinniśmy pójść do dentysty, aby upewnić się, że twoje nowe ząbki rosną prawidłowo" – powiedział tata i zadzwonił do dentysty, aby umówić się na wizytę.

"We should go to the dentist to make sure your new teeth are coming through OK," said Dad and he phoned the dentist for an appointment.

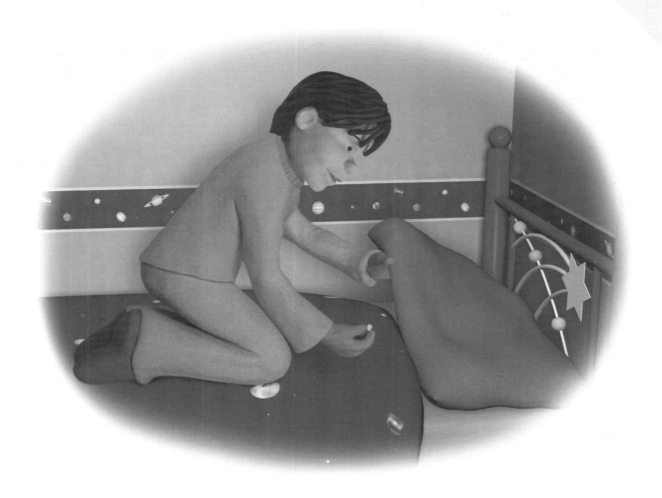

Tuż przed snem Sahir włożył swój ząbek pod poduszkę.

At bedtime Sahir put his tooth under the pillow.

Nad ranem chłopiec znalazł błyszczący pieniążek. „Wiesz co? Odwiedziła mnie dobra wróżka" – krzyczał z zachwytu Sahir. „Tato, możesz mi go schować?"

The next morning he found a shiny coin. "Guess what? The tooth fairy came," Sahir shouted. "Can you look after this, Dad?"

„Kupię sobie dużą czekoladę” – odrzekł.

"I'm going to buy a big bar of chocolate," he said.

Następnego dnia Sahir i Jasminka poszli z tatą do dentysty.

The next day Sahir, Yasmin and Dad all went to the dentist.

Usiedli w poczekalni czekając na dentystę.

They sat in the waiting-room until
the dentist was ready.

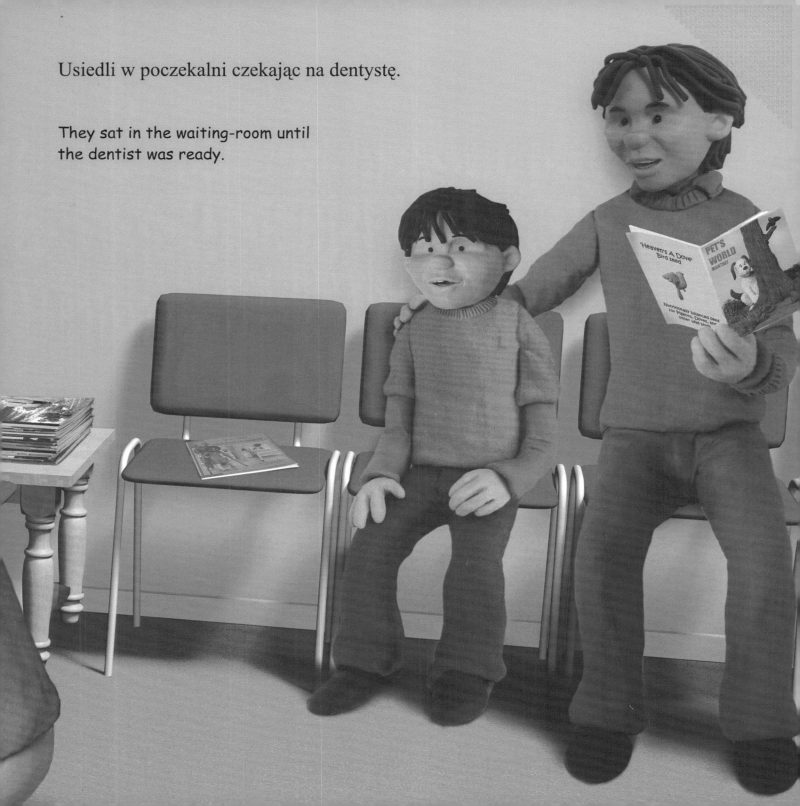

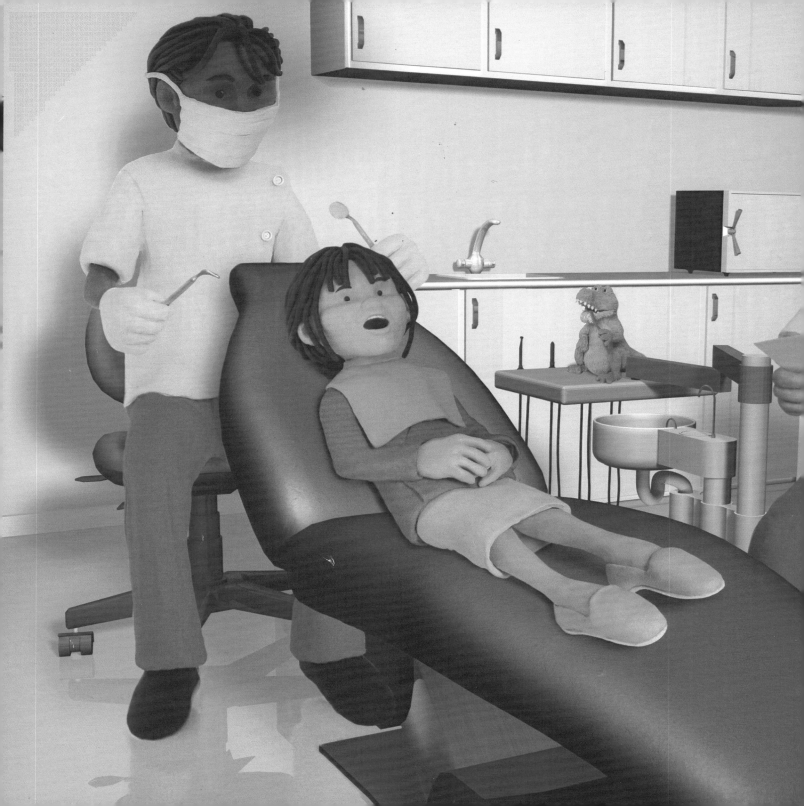

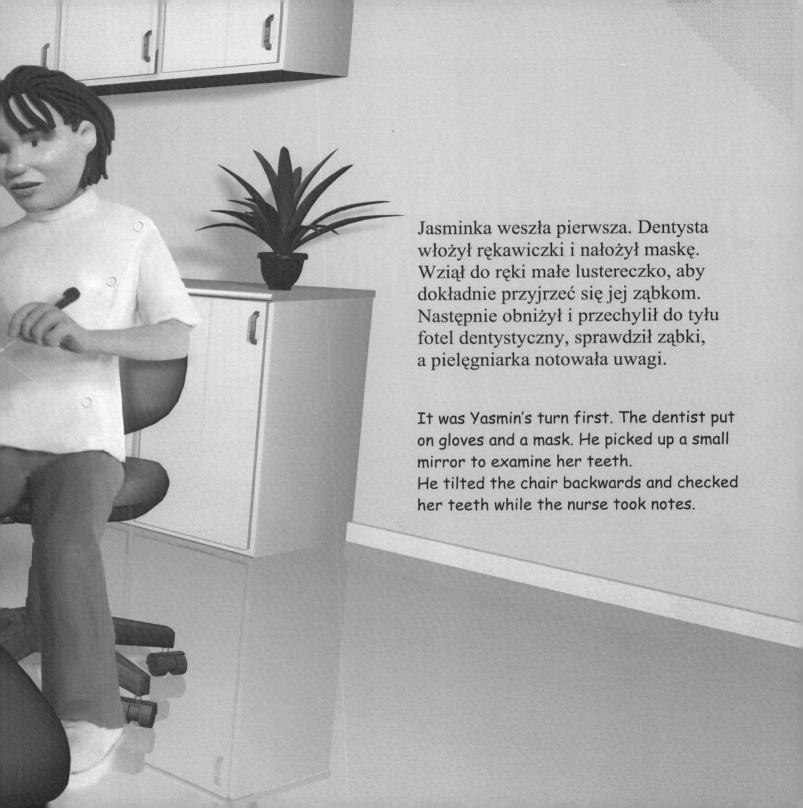

Jasminka weszła pierwsza. Dentysta włożył rękawiczki i nałożył maskę. Wziął do ręki małe lustereczko, aby dokładnie przyjrzeć się jej ząbkom. Następnie obniżył i przechylił do tyłu fotel dentystyczny, sprawdził ząbki, a pielęgniarka notowała uwagi.

It was Yasmin's turn first. The dentist put on gloves and a mask. He picked up a small mirror to examine her teeth.
He tilted the chair backwards and checked her teeth while the nurse took notes.

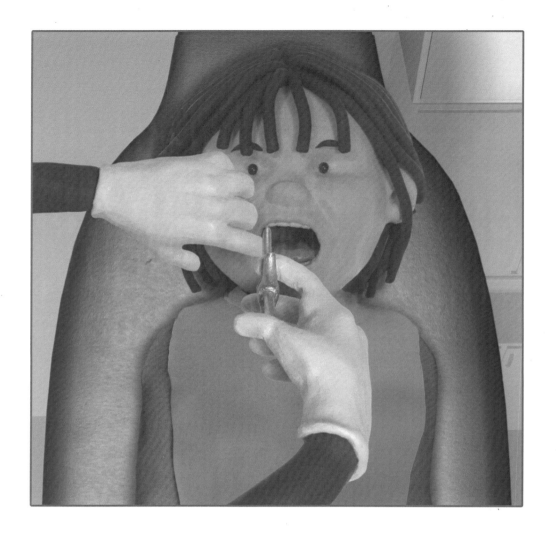

Dentysta zauważył, że Jasminka ma ubytek w jednym z tylnych zębów. „Tutaj będziemy musieli założyć małą plombę" – powiedział. „Dostaniesz zastrzyk, który znieczuli twoje dziąsło i wtedy nic nie będzie bolało".

The dentist noticed a hole in one of Yasmin's back teeth. "We'll need to put a small filling in there," he said. "I'm going to give you an injection to numb your gum so that it won't hurt."

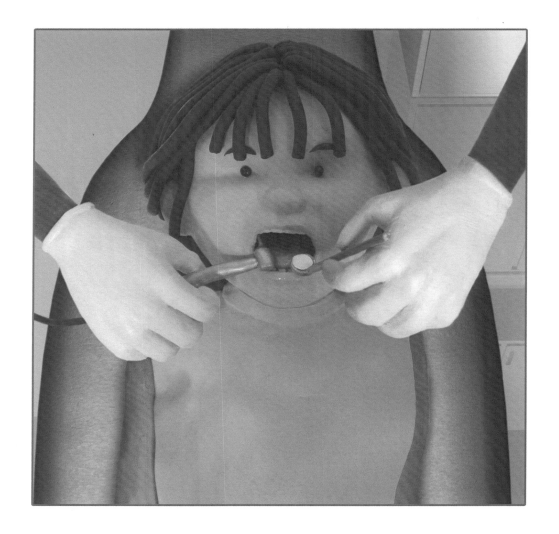

Dentysta usunął zniszczoną część zęba wiertarką dentystyczną.

Then the dentist removed the bad part of the tooth with his drill.

Pielęgniarka usuwała ślinę z jamy ustnej Jasminki
za pomocą ślinociągu, który głośno bulgotał.

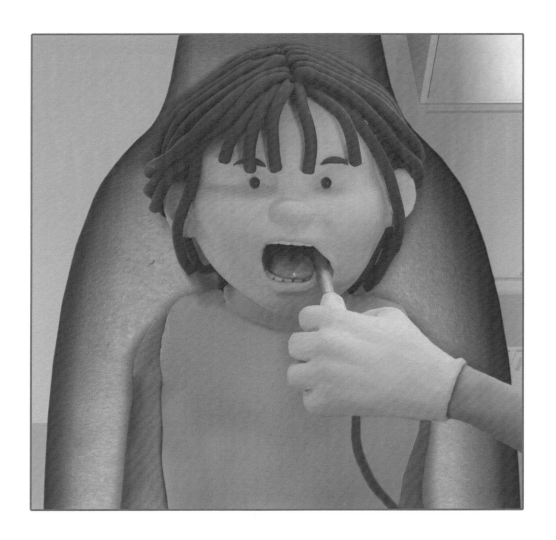

The nurse kept Yasmin's mouth dry using a suction tube.
It made a noisy gurgling sound.

Pielęgniarka przygotowała specjalną pastę i podała ją dentyście.

The nurse mixed up a special paste and gave it to the dentist.

Dentysta ostrożnie wypełnił ubytek. „O proszę, już po wszystkim” – powiedział. Jasminka popłukała usta i wypluła ślinę do spluwaczki.

przed wypełnieniem 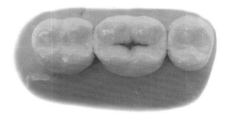 before filling

po wypełnieniu 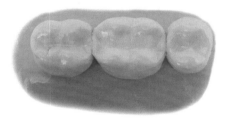 after filling

The dentist carefully filled the hole. "There you are, all done," he said. Yasmin rinsed out her mouth and spat into a special basin.

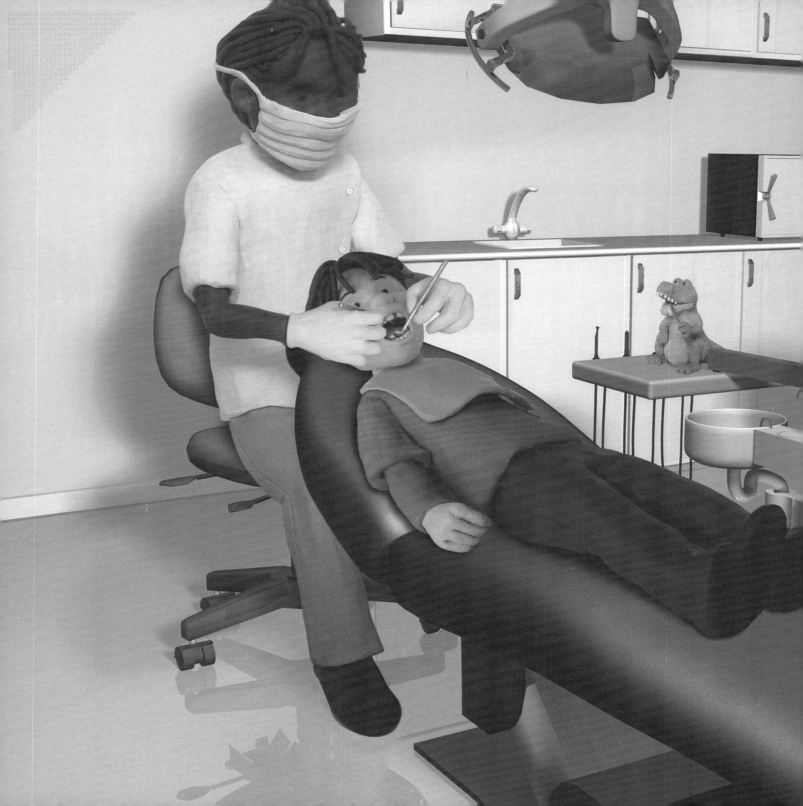

Potem przyszła kolej na Sahira.
Dentysta dokładnie obejrzał jego
wszystkie zęby. „Dobrze, nie widzę
żadnych ubytków" – powiedział.
„Ale zauważyłem, że wyrzynają ci
się nowe ząbki".

It was Sahir's turn next.
The dentist examined Sahir's teeth.
"Good. I can't see any holes," he said.
"But I see you have new teeth coming
through."

„Zrobimy model gipsowy twoich ząbków, aby przekonać się, w jaki sposób rosną. Tak wygląda model, który wykonaliśmy dla małej dziewczynki".

"We will make a model of your teeth so we can see more clearly how your teeth are coming through. Here's a model we made for a young girl."

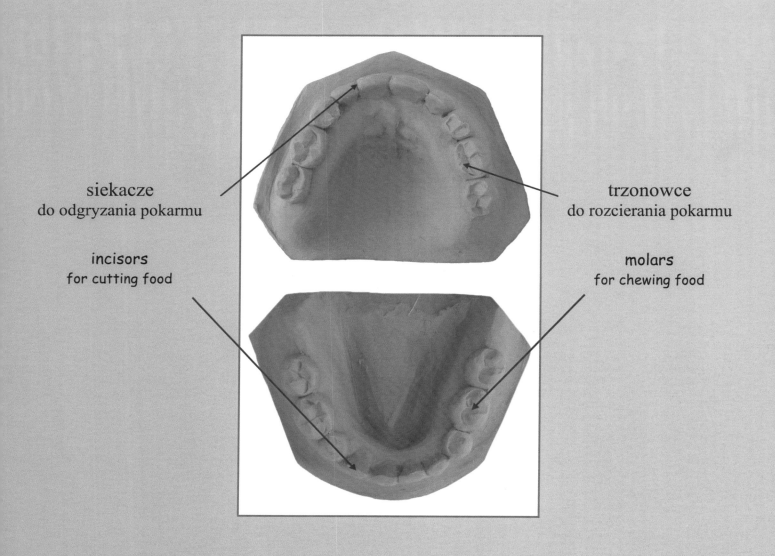

siekacze
do odgryzania pokarmu

trzonowce
do rozcierania pokarmu

incisors
for cutting food

molars
for chewing food

"Szeroko otwórz buzię" – powiedział dentysta i na górne zęby Sahira nałożył małą łyżkę wypełnioną lepką plasteliną. ,,A teraz mocno zagryź, aż stwardnieje". Po chwili dentysta wyciągnął ją z buzi Sahir

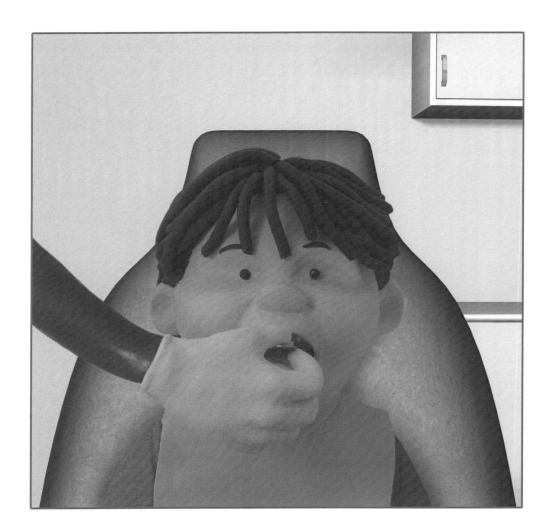

"Open wide," he said, and put a small tray filled with a gooey coloured dough over Sahir's top teeth. "Now bite down hard so that it sets." Then he removed it from Sahir's mouth.

Dentysta pokazał Sahirowi gotowy wycisk. „Wyślemy to do laboratorium i tam zostanie wykonany nowy model gipsowy" – odrzekł dentysta.

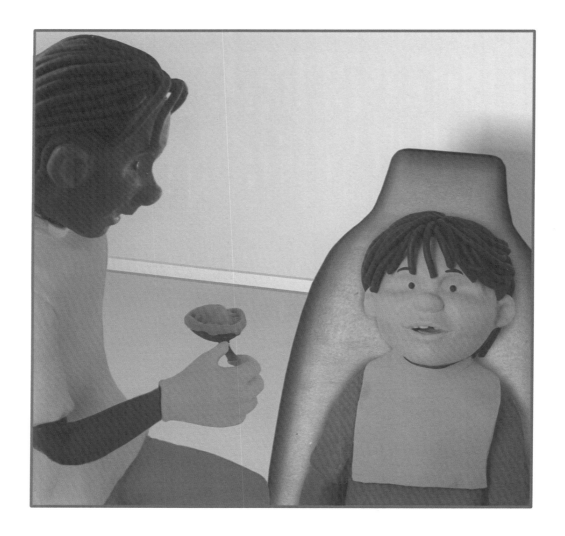

The dentist showed Sahir the finished mould. "We send this to a laboratory where they pour in plaster to make the model," said the dentist.

Następnie Jasminka z Sahirem poszli do higienistki.
„Pokażcie mi, jak myjecie zęby" – powiedziała pani higienistka podając
Sahirowi szczoteczkę do zębów.

Next Yasmin and Sahir went to see the hygienist.
"Let's see how you brush your teeth," she said, handing Sahir a toothbrush.

Kiedy Sahir skończył szczotkować zęby, higienistka dała mu do żucia różową tabletkę. „Miejsca, których nie udało ci się dokładnie wyczyścić szczoteczką, zabarwią się na kolor ciemnoróżowy".

When Sahir had finished, the hygienist gave him a pink tablet to chew. "All the places you missed with your toothbrush will show up as dark pink patches on your teeth."

Na modelu dużych zębów higienistka pokazała dzieciom, jak należy je poprawnie czyścić. „Ojej, one są tak wielkie jak zęby dinozaura" – krzyknął z wrażenia Sahir.

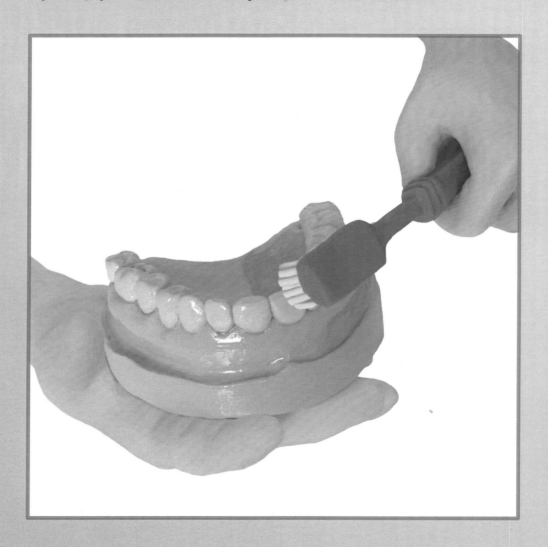

She showed the children the proper way to brush on a giant set of teeth. "Wow, they're as big as dinosaurs' teeth," gasped Sahir.

„Zęby szczotkujemy w górę i w dół. Następnie każdą stronę czyścimy z przodu do tyłu" – powiedziała pani higienistka.

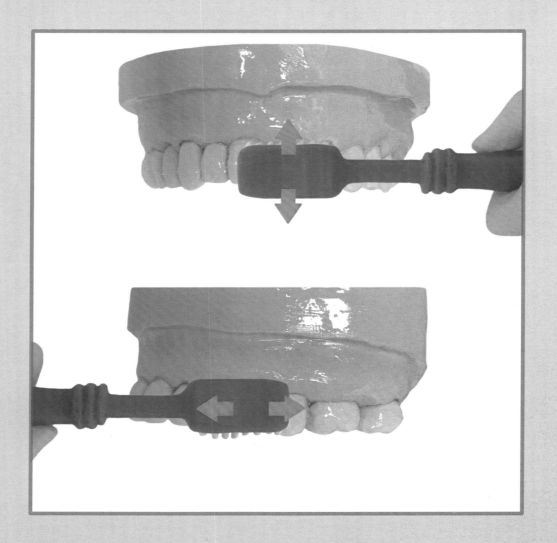

"You need to brush your teeth up and down. Then brush each side from front to back," the hygienist said.

Pani higienistka pokazała dzieciom plakat. „Te malutkie urwisy to bakterie, które niszczą nasze zęby" – odrzekła. „One żywią się cukrami i wytwarzają kwasy" – dodała. „I w taki sposób w zębach mogą powstawać ubytki". „Ohyda!" – powiedział Zahir.

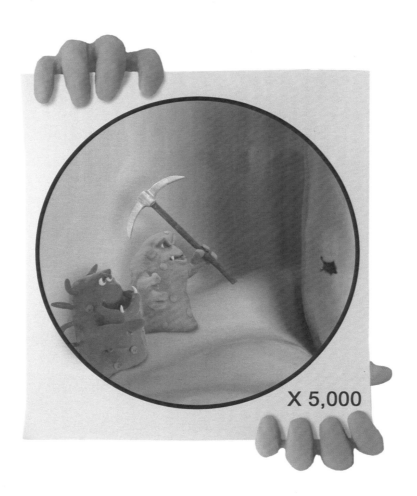

X 5,000

She showed the children a poster. "These tiny bad guys are called bacteria and attack our teeth," said the hygienist. "They gobble up sugar and produce acid," she said. "This can make holes in your teeth."
"Yuck!" said Sahir.

„Bakterie żyją w lepkiej warstwie pokrywającej nasze zęby, która nazywa się płytką nazębną. Te miejsca na twoich ząbkach zostały zabarwione na różowo. Szkodliwe bakterie uwielbiają cukierki" – odrzekła pani higienistka.

X 5,000

"They live in a sticky layer covering our teeth called plaque. This was shown up as pink on your teeth. The bad bacteria love sweet sticky foods," said the hygienist.

„Postarajcie się jeść mniej słodyczy" – powiedziała pani higienistka.

"So try and eat less sugar," said the hygienist.

Obydwoje dostali po naklejce. „To za dobre zachowanie. A jeśli będziecie dbać o zęby, tak jak wam pokazałam, wasze zęby będą zawsze zdrowe".

She gave them both a sticker. "This is for being so good. And if you look after your teeth, like I've shown you, your teeth will always be healthy."

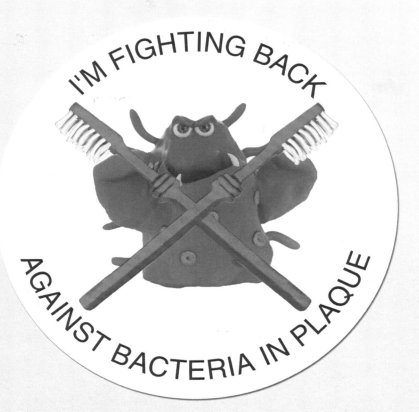

Po wyjściu z przychodni Sahir poprosił tatę o pieniążek,
którego dostał od dobrej wróżki.

„Aha" – powiedział tata. „Chcesz sobie kupić dużą czekoladę".

„Nic z tego, tato!" – odpowiedział Sahir. „Chcę kupić... nową
szczoteczkę do zębów!"

As they left the surgery, Sahir asked Dad for the money the tooth fairy gave him.
"Ahh," said Dad. "You want to buy that big bar of chocolate."
"No way Dad!" said Sahir. "I want to buy... a brand new toothbrush!"